그대가 있기에

서정희

지음

들어가는 말

 아침에 사과 한 개 사각!
베어 무는 소리가 상큼하다.

 이 시조집을 대하면서도 그런 느낌이었으면 좋겠다.

 모퉁이 돌고 돌아 산골짜기 작은 집, 사계절 변화를 시시각각 누리며 일기 쓰듯 엮어가는 시조 한 수 한 수 특별난 것 없으니 내용도 심심하다.

 난의 새 촉 하나가 올라오는 걸 보면 가슴이 두근거린다는 옆 지기, 그의 꽃사랑은 지극정성이다. 앞뜰에 모란이 피고 질 때쯤 작약이 피어나고 으아리가 하얗게 웃는다. 뒤뜰에 영산홍 백일홍 등 쉼 없이 꽃들이 바턴을 이어간다. 아침저녁으로 물을 주는 손길 덕이다.
시상의 원천이다.

 부족을 탓하지 않고 함께 기뻐하고 응원하는 가족들과 벗들이 있어 든든하다.

행여나 그 명성에 누를 끼치게 되는 것이 아닐까 염려하면서 시평을 부탁드림에 쾌히 응낙하신 임성구 회장님, 겉표지 제목과 뒷면을 멋진 글씨로 장식해 주신 려송 김영섭 선생님께 무한한 감사를 드린다.

숨을 쉬고 있는 한 4집 5집 계속 나올 것이다.

여전히 그날이 그날 같은 하루하루 무료하지 않으리라.

그대가 있기에!

2024년 10월
숲속 오두막집에서 磨石 쓰다.

그대가 있기에

차례

1부

강물이 흐르듯 우리도

강물이 흐르듯 우리도/ 1
떠올리면 기분 좋은/ 3
경칩은 봄비를 타고/ 4
기다리던 비/ 5
꽃 피는 봄날에/ 6
꽃바람/ 7
모락이는 봄/ 8
봄 봄 봄/ 10
봄날을 그리는 노래/ 11
봄날의 북소리/ 12
봄날의 새벽/ 13
봄바람 맞이/ 14

봄바람/ 15
봄바람속의 무스카리/ 16
봄비/ 17
봄비야/ 18
봄을 그린다 꽃을 그린다/ 19
부럼 깨는 날/ 20
산골에 내린 봄/ 21
숲속의 봄맞이/ 22
알 수 없는 봄/ 23
애기똥풀/ 24
오 민들레/ 25
참 좋은 날/ 26

2부

그대가 있기에

강원의 노래/ 29
구름은/ 30
그대가 있기에/ 31
그리움이 흐르는 계절/ 32
그립다/ 33
만개/ 34
물망초/ 35
민들레/ 36
봄비는 북소리 되어/ 37
봄의 교향악/ 38
비는 계속 내리고/ 39
삼일절 그날도 봄이었으리/ 40

세월유감/ 41
손자/ 42
유월 이십오일/ 43
어버이날에/ 44
여름에 부는 바람/ 45
연두와 참새/ 46
열대야 속에서/ 47
오 그대/ 48
오늘도 그립습니다 어머니/ 49
오늘은 어린이날/ 50
우리 엄마 금순이와 소꿉친구/ 52
우수(雨水)날에/ 53

3부

뒤돌아보니

가을엔 사랑을/ 57
쉬었다 가자/ 58
갈바람과 나뭇잎/ 59
계곡에서/ 60
그리움 그리고 기다림/ 61
그리움 그리움이여/ 62
꽃잔치/ 63
동심/ 64
뒤돌아보니/ 65
머위/ 66
비 오는 여름날의 풍경/ 67
부채/ 68

빛나는 계절/ 69
사월이 떠나는 밤/ 70
새벽녘 반달/ 71
선물/ 72
아카시아꽃 필 무렵/ 73
여름날 문턱/ 74
여름날/ 75
여름으로 가는 풍경/ 76
오두막집/ 77
온전히/ 78
하루쯤/ 79
열무 물김치/ 80

4부

눈 시리게 고운 날

산/ 83
밤사이/ 84
꽃구름 속에/ 85
나눔의 미학/ 86
나비바늘꽃 이야기/ 87
데이지꽃/ 88
가을속의 풍경/ 89
가을의 소리/ 90
가을인사/ 91
구름의 향연/ 92
눈 시리게 고운 날/ 93
소나기/ 94

소엽풍란/ 95
여름의 길목/ 96
오월의 꽃이여 노래여/ 97
으아리꽃/ 98
인디언 앵초/ 99
자연의 사랑/ 100
잠자리/ 101
찔레꽃 향기/102
처서가 무색한 날/ 103
치자꽃 향기/ 104
포도가 익어가는 계절/ 105
팔월의 소나기/ 106

5부

잠들지 않는 별빛

건강에 대하여/ 110
계절의 행진/ 111
고요한 중에/ 112
금낭화/ 113
꽃과 나비/ 114
나의 사랑 꽃 꽃 꽃/ 115
내 마음/ 116
눈길 닿는 곳/ 117
눈꽃/ 118
때론 멋스럽게 때론 촌스럽게/ 119
또 한 마리 기러기 안개 속으로/ 120
라켓줄 끊어진 날/ 121

생각/ 122
생각도 강물처럼/ 123
시인네 옥수수/ 124
시인의 노래/ 125
안 먹고 살 순 없을까/ 126
인생도 날씨처럼/ 127
잠들지 않는 별빛/ 128
잠시 멈춤/ 129
좋은 사람/ 130
죽음의 준비/ 131
지울 수 없는 번호/ 132

1부

강물이 흐르듯 우리도

강물이 흐르듯 우리도
떠올리면 기분 좋은
경칩은 봄비를 타고
기다리던 비
꽃 피는 봄날에
꽃바람
모락이는 봄
봄 봄 봄
봄날을 그리는 노래
봄날의 북소리
봄날의 새벽
봄바람 맞이
봄바람
봄바람속의 무스카리
봄비
봄비야
봄을 그린다 꽃을 그린다
부럼 깨는 날
산골에 내린 봄
숲속의 봄맞이
알 수 없는 봄
애기똥풀
오 민들레
참 좋은 날

강물이 흐르듯 우리도

으아리
다시 찾은
앞뜨락 화단가에
피나무꽃 노랗게
삐약대 앉아있고
할미꽃 바짝 숙인 채
흙냄새에 취하네

앞산의
늦은 벚꽃
하나같이 수줍어
발그레 미소지니
청춘의 나뭇잎들
지긋이 감싸안고서
강한 햇빛 가려줘

수마에
닳고 닳은
강가의 돌멩인 양
아집을 내던지고
하늘댄 꽃잎처럼
향기에 고개 묻고서
물길 따라 흐르리

글 마석 서정희
글씨 려송 김양섭

별 치네
노래 찾네
하늘을 나는 생양
송송이 솟았어드니
살그머듯이 알알이
포도송이 알알이
향내
맘껏 엄마의
맘이 열맺는 그대여
신 안기어 내가
부지 아니하고
황홀한 시객들이
주겼어 너와 그 품겨
한껏 놀인 체 더불어
에 맛 이 닿잡네
그만 두 샤날 잡네
갈아 드는 금 미소
상 금 한 청량감이
두 덩이 열 고

떠올리면 기분 좋은

푸딩의
부드럽고
상큼한 청량감이
감도는 그녀 미소
그만이야 사로잡네
힘있는 필체 더불어
한껏 높인 그 품격
주거니
받거니의
황진이 시객들이
부럽지 아니 하나
시인은 지어내고
망설임없는 붓놀림
담아내는 그대여
갈바람
솔빛 향내
포도송이 알알이
살그미 스며들듯
려송 향기 숨어드니
하늘을 나는 새 인양
나래 활짝
펼치네

경칩은 봄비를 타고

빗물로
말끔하게
씻으라 그러는가
회색빛 하늘구름
꾸물대며 오락가락
반쯤 뜬 그 놈 눈꺼풀
꿈벅대며 앉았네

봄비는
살가와서
여리여리한 새싹
사알살 어루만져
포근함 안기리라
생동감 넘친 뜨락에
올망졸망 화초들

계절은
오차 없이
척척 맞는 톱니바퀴
질서가 정연하니
꽃들이 행진한다
개구리 개굴소리에
장단 맞춰 피어나

기다리던 비

산천이
춤을 추네
누구라 할 것 없이
유순한 맘이 되어
만면에 미소 띤다
내려라 죽죽 원 없이
온 세상이 젖도록

벌 나비
모여들어
선수 치지 못하게
봉지모자 쓴 포도
눈 감고 음미한다
빗소리 주룩 주루룩
얼마만의 선물야

메마른
그대 가슴
풍족히 적셔놓고
따뜻한 사랑 노래
뜨겁게 불러보리
저 깊은 곳의 울림이
하늘까지 닿도록

꽃 피는 봄날에

얼음강
풀려나고
훈풍이 옷깃 여는

이리 좋은
계절에
구름마져 화사하네

사랑아
뜨락 가득히
꽃노래로 채워주

꽃바람

봄비가
보슬보슬
이리 고운 봄날에

촉촉한
바람 타고
콧속으로 스민 향내

아 그대
체취 가득한
그리움을 어쩌랴

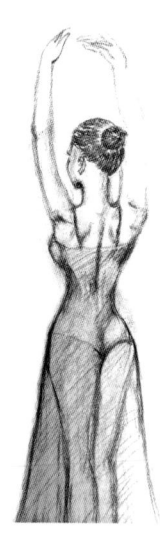

모락이는 봄

살포시
찾아와준
따스한 나의 사랑
원망이 깊어질까
싸늘한 빛 뒤로 하고
훈풍에 냉큼 올라타
사뿐 내려 앉는다

조용히
숨어버린
총천연색깔들이
하나 둘 향기 속에
스멀스멀 배어든다
기다린 네가 갸륵해
환호하는 산과 들

뉘라서
그대 옴을
마다 할 수 있으리
미소가 한 광주리
넘쳐나는 뜨락에
냥이들 양지 찾아서
턱을 괴고 눕는다

보슬비와 봄꽃

멎는가
싶더니만
그 끝에 아직 남아
소리 없이 되돌아와
차분히 스며든다
가슴을 졸인 긴 날들
기다리던 널 위해

앞선 것
지나가고
차례로 다가오니
설렘을 품은 싹들
다소곳이 앉아있네
봉오리 열고 피어날
부푼 꿈을 위하여

나직한
그대 음성
귓가를 간질이니
여린 꽃잎 심쿵하여
차가운 볼 홍조 띠네
수줍게 앉은 봄꽃들
산자락을 밝힌다

봄 봄 봄

옷깃을
열어젖혀
비집고 들어서는

첫사랑
순간처럼
숨막히는 그 설렘

춘풍에
겨운 꽃대궐
문빗장이 풀리네

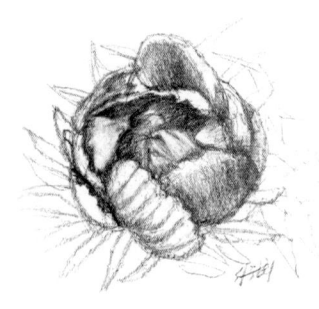

봄날을 그리는 노래

진눈개비
시야를 가리는 데
까악댄 까마귀놈
갈 길을 재촉하고
아쉬움 없이 쏟는 비
얼음자락 녹인다

움츠린
가슴팍에
훈풍이 찾아들어
빈 골을 채워주니
나래를 활짝 여네
움 트고 꽃을 피워줄
그대 또한 오리니

느긋이
기다리게
싸늘함 물러가고
서성인 발걸음이
문앞에 이르른다
홍조 띤 아씨 숨소리
퍼져나갈 봄내음

봄날의 북소리

회색빛
하늘 아래
봄비를 갈구하는
새싹들이 싱그럽다
아장대는 아기같아
겨우내 단련됐으니
밤공기도 견디리

아직은
꿈속이라
움츠린 새벽녘에
올망 졸망 서로 붙어
귀를 쫑긋 열어본다
찬란히 펼칠 벗들의
설렘 이는 발소리

어둠이
물러가고
일시에 깨어나는
산이여 들판이여
둥둥둥 북을 쳐라
우리 임 고운 빗줄기
온 산하를 적시게

봄날의 새벽

먼동이
트는 새벽
발그스래 열리고

밤새 몰래
찾아온 눈
온누리에 하얗다

새싹들
세상이건만
기를 활짝 못펴네

봄바람 맞이

마른 땅
구석 구석
햇살이 자리하니
음습한 곳 하나없네
이제 모두 나오렴
자라목같이 움츠린
그 어깨들 쭉 펴고

겨우내
몰아치던
매몰찬 바람 맞고
숨죽여 눈 감은 채
때 기다린 새싹들
보드란 입김 손길로
어루만진 그대여

지나간
흔적들은
고이 접어 개켜두고
파릇한 꿈 담뿍 안아
산과 들에 머물리라
뾰죽이 내민 입술에
머물다간 봄바람

봄바람

그대의
눈길 손길
온화하기 그지없어

주눅든
꽃잎 풀잎
미소를 함빡 물고

오가는
발길 향하여
손 흔들며 눈맞춤

봄바람속의 무스카리

어디서
불어오고
어디로 향하는지
발자취 좇아가다
꽃잎이 손 흔들고
나뭇잎 눈길 간절해
그만 멈춰 서있네

해바라기
하던 냥이
깔아뭉갠 무스카리
그대가 일으켰나
고개 들고 앉아있네
햇살에 한결 빛나는
보랏빛의 꽃이여

가을날
구근으로
무심히 심어두니
고요히 잠자던 너
존재감 드러내어
부엽토 온정 속에서
찬란한 꿈 이루네

봄비

마지막
혼을 담아
하늘대던 꽃잎이
여름을 재촉하는
비에 눌려 곤두박질
바닥에 달라붙은 채
눈을 감아 버린다

하나 둘
벗어부쳐
잠자리 날개같은
옷 걸치게 해놓고
으스스 찬기 바람
동산을 덮쳐버리는
심술첨지 봄 날씨

청춘의
꿈을 꾸던
산등성 골짜기에
주춤댄 야생화가
추위에 떨겠구나
설레는 행보 위하여
잠시 비껴가주길

봄비야

날씨도
청정하고
볕이 좋아 땀이 송글
봄 속에 빠져볼까
느긋한 마음인 데
꾸물럭거린 하늘이
금세 비를 쏟는다

이 산과
저 건너산
가로지른 전깃줄
꽁지를 까딱이던
새들은 아니뵈고
그리움 품은 빗방울
봉긋하게 달린다

군대 간
장손 생각
날 좋아도 날 궂어도
걱정이 하나 가득
할미는 애가 타네
봄비야 이 맘 싣고서
안부 하나 전해주

봄을 그린다 꽃을 그린다

물 먹은
하늘에는
푸른 빛이 감돌고
숲속의 가지마다
이슬방울 떨어져
바위를 타고 계곡에
하염없이 떠 간다

가랑잎
나뭇가지
휘돌다 내려가고
물살에 뒤집히니
구름이 미소 짓네
흐르고 흘러 저만치
다다르는 바닷가

이끼에
생기 돌고
들풀에 기운차니
조물주 손에 들린
붓자루 춤을 춘다
약동의 리듬 타고서
피어나는 꽃 꽃 꽃

부럼 깨는 날

유년의
추억 하나
둑방 지나 다리 건너
신작로 걸어걸어
친구네 이르르면
널따란 뒷곁 보리밭
구멍 숭숭 깡통들

우루루
모여들은
꼬맹이 청년 어른
와자지껄 하하호호
너나 없이 돌리니
휘영청 밝은 달빛에
날름대는 불꽃혀

부스럼
범접 마라
넉넉잖은 살림에
온 가족 무사하길
부모의 염원 실어
호두 잣 땅콩 밤 은행
부숴대던 간절함

* 동살 : 동이 틀 때 푸르스름하게 비치는 햇살
* 볕뉘 : 작은 틈으로 잠시 비쳐드는 햇빛

산골에 내린 봄

조금은
느리지만
여전히 찾아드는
봄날의 꽃 하나 둘
싱그러움 한가득
숲속의 구석 구석에
다소곳이 앉는다

제비꽃
앙징맞고
생강나무 꽃 터진다
봄눈 녹은 산골짝
계곡 물가 매화나무
벗인 양 홀로 선 채로
산객 발길 잡는다

바스락
갈잎 아래
첩놓인 부엽토가
넉넉한 거름 되네
벋어라 활개쳐라
해걸음 다하기까지
숨이 턱에 차도록

숲속의 봄맞이

푸르게
밝아오는
새벽이 상쾌하다
묵묵히 여는 하루
깊은 산속 친구들
서서히 동살 퍼지니
죽죽 펴는 기지개

부서진
삭정이들
누운 채 쉬어나고
복식으로 호흡하는
기운찬 봄의 소리
가랑잎 밟은 고라니
제소리에 놀란다

짖궂은
바람돌이
나뭇가지 사이사이
들락여 눈짓하네
수줍은 새싹들이
흔들린 볕뉘 맞으며
봉긋 입술 내민다

알 수 없는 봄

꽃비가
내리는가
싶더니 싸한 봄비
으슬으슬 옷 찾게 해
주룩주룩 주루룩
여름날 오는 장대비
선잠 깨었나보다

개나리
진달래꽃
그 사이의 박태기
강냉이 튀어나듯
붉게 붉게 줄지어
양팔을 벌려 힘차게
하늘 향해 웃는다

내 언제
그리 했나
화색이 도는 얼굴
숲속의 구석 구석
새들이 나래 펴네
예기치 못한 나날의
변덕쟁이 봄날씨

애기똥풀

사방에
눈이 닿고
발길 머문 곳마다

울애기
응가 있다
황금색 달큰한 내

눈에서
꿀이 뚝뚝뚝
대견스런 그 순간

오 민들레

어쩌면
잊지 않고
노랑옷 그대로네
길가의 검불이랑
막대가지 젖히고
방긋이 웃는 그 얼굴
구부리고 보오니

바람에
살랑대는
가슴 미는 그 모습
가던 걸음 붙잡아
부득이 머무르네
울애기 볼을 닮은 듯
뻐근하게 귀엽다

먹구름
몰려오니
곧 비가 오겠구나
흙먼지 씻어내고
온 하늘 마시어라
머잖아 꽃씨 오를 때
기동차게 날도록

참 좋은 날

푸름은
더 푸르고
붉음은 더 붉어진
비 온 후의 정경들
산과 들판 꽃들이
마음껏 치장하는 중
새도 깃털 펼친다

두둥실
뭉게구름
빙그레 내려웃고
비단 같은 바람결에
촉촉한 잎사귀들
뽀송한 얼굴 배시시
해갈함의 미소여

밤사이
비바람에
능소화 꽃잎 날아
자갈밭에 누워 있네
서러움 어디 가고
새로이 피는 꽃송이
불끈 힘이 솟는다

2부

그대가 있기에

강원의 노래
구름은
그대가 있기에
그리움이 흐르는 계절
그립다
만개
물망초
민들레
봄비는 북소리 되
봄의 교향악
비는 계속 내리고
삼일절 그날도 봄이었으리

세월유감
손자
유월 이십오일
어버이날에
여름에 부는 바람
연두와 참새
열대야 속에서
오 그대
오늘도 그립습니다 어머니
오늘은 어린이날
우리 엄마 금순이와 소꿉친구
우수(雨水)날에

강원의 노래

빛바랜
사진속에
추억으로 남아서
향수의 박제가 된
강냉이 감자바위
꿈나래 펼쳐주고픈
자식사랑 임이여

구릿빛
모습으로
밭고랑에 앉은 채
흘린 눈물 땀방울
세월이 닦아주네
슬며시 묻힌 서러움
돋아나는 새살들

문빗장
풀어지어
대문 활짝 열리니
이소한 아기새들
힘껏 날개 치듯이
강원의 특별자치도
거칠 것이 없어라

구름은

몽실댄
그의 얼굴
만지면 꺼질 듯 해

그저 이리
바라본다
말 없이 눈 맞추고

오롯이
속을 건네는
온유한 벗 내 사랑

그대가 있기에

푸른 들
너른 광야
들꽃이 노래하는

꿈 꾸듯
찬란한 곳
폭풍우 몰아쳐도

두려움
전혀 없으리
그대 품에 있으니

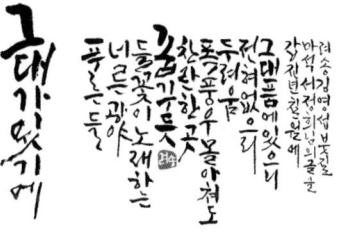

그리움이 흐르는 계절

우리가
흘린 땀에
염전의 한 칸쯤은
만들지 않았을까
아직은 따가우나
습하지 않아 아슴히
느껴보는 가을날

잠시만
물러앉아
꾹꾹 담겨 눌려진
그리움 스멀스멀
하얗게 피어난다
그대가 흐른 길 위에
함께 머물러볼까

청량감
풍겨나는
잎새 고운 이 날에
가슴 아린 추억 하나
소롯이 꺼내놓고
그대로 잠겨 있으면
그런대로 좋으리

그립다

낯빛만
달라져도
기겁해 살피시는

그 눈길
어디 갔나
도무지 아니뵈네

지친 몸
연약해지니
찾게되는 어머니

만개

붉어진
나뭇가지
파릇한 새순 달고

불청객
눈을 맞네
한파에 단련된 몸

가시옷
덮는다 해도
피어나고 말 것을

물망초

섬 끝도
마다 않고
애인 위해 물살 갈라

기꺼이
꺾어오다
급류에 휘말린 그

마지막
던진 꽃과 말 (言)
부디 나를 잊지 마

※독일의 전설: 도나우 강 가운데 있는 섬에서 자라는 이 꽃을
  애인에게 꺾어주기 위해 한 청년이 헤엄쳐 가서 꺾어 가지고
  오다가 급류에 휘말리고 말았다, 가지고 있던 꽃을 애인에게
  던져주면서, 나를 잊지 마! 한 마디 남기고 사라졌다.

  그녀는 일생동안 그 꽃을 몸에 지니고 살았다는 ......
  해서 물망초 꽃말이 나를 잊지 마세요,

  For get me not!

민들레

꽃자루
없이 피는
앉은뱅이 노란꽃

내 사랑을
드립니다
영원히 행복해요

끈질긴
그의 생명력
앉은곳이 그의 땅

봄비는 북소리 되어

촉촉한
그대 음성
조분조분 속삭이니

봄볕에
조을던 싹
개맹이 가득하다

새 생명
행진 부추길
가슴 뛰는 북소리

*개맹이 : 똑똑한 기운이나 정신(순우리말)

봄의 교향악

사방에
눈길 닿는
곳마다 가지각색
꽃들이 웃고 있다
앞세운 현호색이
신참의 양지꽃 향해
수줍사리 미소져

민들레
좁은 듯이
영토를 넓혀가고
희다 못해 창백한
백목련 만개하여
피날레 장식하려나
우아하게 서있다

들판에
뿌려놓은
노란 물감 유채꽃
파랑새 딱따구리
그 벌판 위 훨훨 날아
낯익은 딱새 어울려
힘찬 연주 하리라

비는 계속 내리고

물안개
산자락을
휘감아 맴돌다가
아쉬움 뒤로하고
서서히 사라지니
바위에 누운 나뭇잎
검은 구름 향하네

깊은 밤
쏟은 비가
장독을 두드리고
능소화 타는 심정
일시에 깨뜨리니
하나씩 툭툭 덜어져
빗물속에 잠긴다

깃털이
젖어들까
숨어 잠든 딱새 한 놈
전깃줄에 휙 날아
까딱인 채 귀기울여
숲속의 노래 듣는다
그리움에 젖어든

삼일절 그날도 봄이었으리

햇살이
묘지아래
발밑까지 어루만져
추근대던 찬바람
꼬리를 감추이고
맴돌던 훈풍 날아와
제자리를 잡는다

싸늘한
북풍한설
살이 찢기는 가혹함
어찌 견뎌냈을까
독립을 향한 일심
육신을 거두어가도
소멸되지 않았네

그날에
날개 달고
훠얼훨 날았으리
희망찬 새싹들의
초록눈을 보았으리
임이여 그대 발자취
우린 기억하리라

세월유감

황급히
스쳐가는
그대를 잡는다고
어디 한번 잡힐까만
새어나간 공기처럼
야속한 임의 그 흔적
그림자만 드리워

푸르른
미소 하나
총천연색 얼굴들
턱밑까지 디밀고
하늘을 뚫을 듯이
기상이 늠름하더니
순식간에 녹아져

폭염에
끄떡없고
먹구름에 휩싸이지
않은 온전한 계절
봄 여름 가을 겨울
눈 속에 담아두리라
다시 찾을 내 사랑

손자

훈련 후
첫 번 면회
맑게 갠 하늘 구름

따라오라
손짓해
아장대던 아가가

굳건히
나라 지키는
사나이가 되다니

유월 이십오일

그 때의
오늘에도
산과 들엔 예쁜 꽃들
방싯대었으리라
마주보고 손짓하는
몽실댄 구름 바라며
푸른 꿈을 꾸었을

초연에
휩싸인 채
암흑속에 빠져들고
웃음기 사라져간
저 광활한 벌판에서
통곡에 목이 쉬어도
오지 못할 사랑아

유월의
사방천지
슬픔을 모르는 채
싸리꽃 백리향이
향기를 드날린다
진토된 그날 넋 향해
아린 내 맘 전하네

어버이날에

그대가
가꿔주던
앞뜨락과 뒤뜨락

인화까지
활짝 펴
웃음 주려 하건만

우리 임
지쳐 쉬는가
발소리 하나 없네

여름에 부는 바람

고요한
창밖 풍경
어느 새 손 털 듯이
나뭇잎 흔들린다
거실문 활짝 열어
맞바람 치게 살피니
환호하는 친구들

산으로
풀밭으로
맴돌다 쏜살같이
들어와서 휩쓴다
조을던 공기 몰고
당당히 빠져나가니
쾌적함만 남누나

뙤약볕
쏟아부어
무료해 지칠 때도
그대 있어 다행이야
채근하지 않아도
말 없이 주는 그 마음
변치 않을 사랑아

연두와 참새

가을날
주렁대어
나뭇가지 앉아 놀고

겨우내
논 밭떼기
널브러져 배불리던

요놈들
움튼 연두싹
마주 보며 짹 짹 짹

열대야 속에서

숨쉬고
견디는 것
자체가 경이로운
여름밤의 막바지
막무가내 강떼 쓰는
팔월의 열기 속으로
빨려드는 이 순간

이글댄
눈빛으로
태울 듯 쏘아대는
레이저 같은 빛줄
고스란히 받아낸다
수십년 쌓인 노하우
단단하게 무장돼

계절에
맞는 농작
익어가는 열매들
저들 위한 우리 인내
땟국물이 흘러도
내일을 위한 투지력
눈꺼풀을 내린다

오 그대

비췻빛
하늘에다
두둥실 뿜어대는
우윳빛 그대모습
가슴이 설레누나
유년의 고향 저편에
성큼 데려다주네

산울로
둘러쳐진
아늑한 뒷산 그곳
기다란 보리밭의
흰 수건 쓴 어머니
화사한 미소 띠시던
모란 닮은 그 얼굴

뭉치다
흩어지다
리드미컬 춤사위
임은 가고 없어도
여전하게 반기네
둘이서 나눈 무언의
꿈의 비밀 품은 채

오늘도 그립습니다 어머니

아리게
떠오르는
부지런한 어머니
쬐곰씩 길어진 낮에
발바닥이 떠 있었네
메뚜기 튀어오르듯
사뭇 재던 그 발길

왜 이리
한만하고
기척이 없으실까
눈 녹은 강물 불어
애태워 발 구르나
함박꽃 미소 날리며
달려 올 것만 같아

고운 임
자식 사랑
갈퀴 같던 손바닥
그 모습 옹이 되어
가슴에 박혀있네
되뇌어 불러보건만
바람결에 묻힌다

오늘은 어린이날

아득한
시절 그 때
정해진 날 있겠냐만
방정환선생님의
고결하신 뜻에 따라
이렇게 좋은 날 되니
가슴 벅찬 그 사랑

어린이
귀한 이름
사는 데 급급하여
뒷전으로 밀리던
새싹이요 기둥이라
아프지 않게 오롯이
단단하게 자라길

바람에
휩쓸리듯
한 날에 지나칠까
날마다 두리둥실
고이 품어 안아주리
상큼히 익는 계절에
활짝 피어나거라

옥수수

잠결에
들려오는
소나기 급한 거동
휙 지나 또 다가와
쉴 새 없이 소리친다
먼 산의 뿌연 봉우리
묵묵한 채 서 있고

앞뜰과
뒤뜰안의
꽃들과 과수열매
소리없이 자란다
시키지 아니해도
제 갈길 향해 숨 쉬는
싱그러운 자연들

폭염을
이겨내고
알알이 고루박힌
뽀얀 이 눈부시다
어젯밤의 전령사
그 기쁨 함께 누리려
목 터져라 외친 듯

우리 엄마 금순이와 소꿉친구

이 산과
저 산 사이
전깃줄이 가로질러
안부 하나 전하네
눈만 뜨면 오가던
재밌는 둘의 이야기
재깔재깔 들린 듯

금순이
소꿉친구
용이를 뒤로 하고
도시로 시집 간 날
언젠가는 만나리
점 하나 보일 때까지
마냥 서서 있었네

강산이
수십 번씩
때 맞춘 옷 갈아입고
새들도 거침없이
헤집고 날아갈 때
눈자위 꺼진 그리움
짙고 섧게 내린다

우수(雨水)날에

스물넷
형제중에
찾아온 둘째녀석
사르르 눈 녹이고
발돋움한 어린 싹
감싸쥔 두 볼 비비니
물러서는 물안개

아직은
거무죽죽
흑백사진 보는 듯 해
머잖아 훌훌 벗어
공중에 날리리라
인고의 뭉치 산화돼
훨훨 날아가리니

산과 들
푸른바다
봄내음 너울대고
빗물이 애무하니
발그레한 나뭇가지
새들도 날갯죽지에
힘이 불끈 솟으리

3부

뒤돌아 보니

가을엔 사랑을
쉬었다 가자
갈바람과 나뭇잎
계곡에서
그리움 그리고 기다림
그리움 그리움이여
꽃잔치
동심
뒤돌아보니
머위
비 오는 여름날의 풍경
부채

빛나는 계절
사월이 떠나는 밤
새벽녘 반달
선물
아카시아꽃 필 무렵
여름날 문턱
여름날
여름으로 가는 풍경
오두막집
온전히
하루쯤
열무 물김치

가을엔 사랑을

제자리
들어서기
그토록 힘들었을
사투의 폭염속에
껍질을 몇 겹 벗고
드디어 맑은 얼굴로
이리 환히 웃는다

쪽빛 하늘
흰구름
기가막힌 조화로
오그리던 사지들
펴고펴는 기지개
쭉 벋는 두 팔 힘차게
끝도 없이 흐른다

어느 새
풍성해진
들녘의 살랑바람
구석 구석 쏘다녀
메마름 풀어주네
그대여 가슴 펴고서
이 가을을 마실까

쉬었다 가자

스산한
바람줄기
먹구름 몰고 오니
태울 듯 쏘던 땡볕
순식간에 숨는다
후두둑 돋는 빗방울
시원스런 빗줄기

길 가다
언덕받이
오르다 숨이 차면
떡갈나무 참나무잎
호흡을 맞쳐준다
말 없이 주는 상큼함
가슴속에 스미고

계곡을
타고 흐른
물소리 숲을 깬다
세상줄 놓친 그 벗
이 청량감 느낄까
챙 넓은 바위 밑에서
소나기를 피하네

갈바람과 나뭇잎

주안이
손님인 양
서성이던 발걸음

성큼 드니
경쾌하다
풀죽은 나뭇잎들

애태워
그린 임 그대
수줍은 듯 맞는다

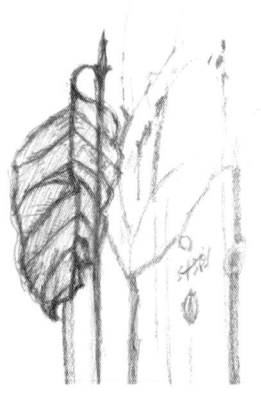

계곡에서

이토록
우렁차게
여름을 노래하고

기탄없이
토로하는
뻥 뚫린 숲의 소리

물방울
방방 튀올라
바위등을 식히네

그리움 그리고 기다림

추억속
어머니는
머리에 하얀 수건
귀밑까지 덮어쓰고
뒷꼍의 긴 보리밭
호미질 하고 계시다
나를 보고 웃는다

가끔씩
땀 훔치며
하늘을 올려보고
객지의 언니 오빠
사무친 그리움에
밤새껏 잠을 설쳤을
그 사랑이 아프다

돌덩이
눈꺼풀을
억지로 치올리며
바느질 하는 밤에
떠도는 바람 한 점
행여나 안부 아닐까
허허로운 기다림

그리움 그리움이여

행여나
늦잠 잘까
구석 구석 찾아나선
바람결의 세심함
화들짝 놀라 깨는
앞마당 돌짝 둘레에
눈 비비는 냉이들

이맘 때
어머니는
앞치마 접어매고
보리밭가 둔덕에서
나물 캐곤 하셨지
한 번씩 허리 펼 때에
수북하던 나무새

새들이
하늘에서
하릴 없이 분주하고
너울대는 비닐들이
일손을 부추기나
아무리 둘러보아도
임의 기척 없구나

꽃잔치

사월이
가기전에
미인대회 열리려나
자고나면 방싯대는
미혹하는 얼굴들
아 그만 눈길 빼앗겨
발걸음이 멎는다

산골짝
허허로와
무료하던 그 봄날
삭막한 돌담위에
잡초만 무성하여
새소리 벗을 삼던 곳
꽃대궐문 열리네

그대들
이리 고와
살랑댄 바람에도
행여나 다칠세라
눈속에 품어본다
동산에 가둬둔 채로
고이 간직하고파

동심

그 때로
가고프다
싱그러운 들판에서
공기 달게 마시고
푸르게 노래하며
구김살 없이 뛰놀던
청정구역 어린 날

드넓은
운동장에
플라타너스 서고
뛰어도 넘어져도
보이지 않았을 터
흙바닥에서 올려본
잠자리떼 무리들

수줍은
구름무리
부동인 채 서서 있다
돌아보면 흩어있고
빈 자리 더 파랗다
까마득하게 여겨진
어른 되는 그 생각

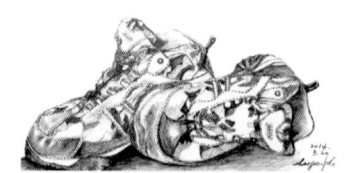

뒤돌아보니

무언가
근사한 것
대단한 게 있을 줄 안
어렸을 적 그 생각
앞을 향해 달려오니
다른 듯 같은 오늘이
자리하고 있을 뿐

머나먼
길 위에서
동행하던 길손들
사랑의 흔적 하나
추억으로 깊고 옅게
오롯이 남겨둔 채로
바람인 양 사라져

무엇을
하려는가
무엇이 되려는가
신기루 좇던 젊음
고스란히 흘러가고
굳건한 기둥 두 다리
땅을 딛고 서 있다

머위

군락을
이룬 머위
밭에 퍼진 향내에

임의 모습
스치고
살짝 데친 이파리

쌉쌀한
그 맛 여전해
꿀꺽 삼킨 그리움

비 오는 여름날의 풍경

보슬비
나도 몰래
소리없이 나리어
마당 가득 적신다
아침에 재잘대던
작은 새 어디 머무나
소리 하나 없구나

문간에
어른대며
비비적대던 냥이
도무지 기척 없고
밥그릇만 휑하다
우중충 궂은 날에도
익어가는 초여름

보리수
입술 열어
물기 가득 머금으니
더욱 붉게 반짝이고
군락 이룬 달맞이꽃
삐약댄 병아리처럼
올망졸망 앉는다

부채

한 점의
바람 없이
밤길은 깊어가고

땀에 절은
아이들
그만 곯아떨어질 때

꿈길로
이끈 임 사랑
밤 새우던 손바람

빛나는 계절

들리는
말 없어도
서로가 주고 받는
그들만의 대응들
햇살에 반짝이고
바람이 불면 살랑댄
나뭇잎의 유순함

냥이가
먹다 남은
밥그릇 사료 몇알
때까치 서너 놈이
황급히 물고 간다
몽글인 구름 무심히
내려보고 있는 낮

뜨락의
여름꽃들
뙤약볕 옴팍 쓴 채
묵묵히 소임 다해
그 찬란함 조화롭다
너끈히 폭염 지나는
아름다운 전사들

사월이 떠나는 밤

민들레
꽃씨 날고
분사된 송앗가루
바람결에 실려가
누레지던 한낮이
부득이 찾은 석양에
그만 숨어버린다

밤이면
오므리고
아침에 여는 꽃잎
찬란한 모란 튤립
그 겨울 지난 만큼
봄날을 온통 마시며
한껏 누려 취하네

군락을
이루어갈
색색의 철쭉꽃들
설렘으로 부푼 채
서로 기대 잠이 든다
계절의 여왕 맞이할
푸른꿈을 꾸면서

새벽녘 반달

온종일
달군 열기
창문은 열린 채로

문지기
노릇한다
뒤척이다 잠든 밤

눈가를
어루만지듯
속삭이는 흰 얼굴

선물

코바늘
한 코 한 코
실 걸어 한 올 한 올

그리움
차곡 차곡
우정을 꿰어갔을

사랑의
수제 실가방
그녀 미소 한가득

아카시아꽃 필 무렵

꽃 필 때
최적이라
낚시 즐긴 그 벗은

간 곳이
그 어딜까
돌아올 줄 모르네

달콤한
꽃향 여전히
오월 하늘 나는 데

여름날 문턱

며칠간
골골대던
처마밑 빗줄기가
아침나절 지나니
콧물도 흔적 없다
새포롬해진 낯빛에
꾸물대는 하늘가

닿을 듯
닿지 않는
그곳은 신비로와
저기 저 강물처럼
돌부리 휘감아서
서서히 흘러가리니
불변하는 이치라

콧노래
흥얼대는
싱그러운 푸른달
바턴을 이어받듯
손바닥 터치하고
미소 띤 해의 손짓에
누리달로 향한다

여름날

주루룩
훑어내면
초록물 뚝뚝 떨굴
무성한 숲속에서
계곡물 호기롭게
무료한 바위 건들며
강을 향해 흐른다

그 겨울
솜털까지
곤두서는 한파속
언 땅과 나뭇가지
까맣게 잊었는가
청량한 얼굴 들뜬 채
싱그럽게 웃는다

가슴속
깊은 곳에
자리한 고운 추억
망각의 세월에도
그리움은 스멀대
흐르는 강물 향하여
한조각 맘 띄운다

여름으로 가는 풍경

뻐꾸기
뻐꾹뻐꾹
리드미컬 노래가
아침을 뒤흔든다
오므려 잠을 자던
꽃잎들 하늘 바라고
기지개를 펼친다

온 뜰에
전이되어
예서 제서 화들짝
하루를 단장하네
장날에 선택 받은
백일홍 흰 색 빨 노랑
뿌리 굳게 내린다

하지로
달려가는
정신없는 한나절
치명적 찔레꽃 향
나그네 발길 잡네
어쩌랴 두 눈 감은 채
가슴 저 변 채운다

오두막집

그날이
그날 같은
오두막집 둘레에도

햇살친구
옴팍 내려
소근대다 조을고

산허리
섰는 나무들
병풍 되어 서있네

온전히

부모가
주신 몸을
그대로 간직하면
얼마나 좋을까만
쭈그렁 되어서도
부딪고 상처 입으니
가슴 한 편 아리다

말짱한
여름날에
맞닥뜨린 소나기
고스란히 맞듯이
예기치 못한 일들
하나 둘 부지기수라
장수인들 피할까

진 자리
마른 자리
갈아뉘신 어머니
그 뜻을 헤아리니
하루가 귀하구나
온전히 간직하고자
다짐하는 또 오늘

하루쯤

화창한
봄날 오후
퍼질대로 퍼진 볕이
나른하게 앉아 있다
파리하던 나뭇가지
오롯이 연둣빛으로
다소곳한 매무새

새벽녘
으슬대던
공기도 누그러져
온화한 엄마인 양
눈빛 사뭇 포근하다
훈풍이 전해주는 말
오고 있어 꽃행렬

심술비
냉냉함에
어린 싹들 멈칫하고
낯설은 서러움에
갈 바를 알지 못해
들레지 말고 하루쯤
쉬어가도 좋으리

열무 물김치

봄 탈 때
소면 삶아
찬물에 박박 헹궈

새콤히
익힌 국물
얼음조각 띄우고

한 대접
말아먹으면
임의 손길 느끼리

4부

눈 시리게 고운 날

산	소엽풍란
밤사이	여름의 길목
꽃구름 속에	오월의 꽃이여 노래여
나눔의 미학	으아리꽃
나비바늘꽃 이야기	인디언 앵초
데이지꽃	자연의 사랑
가을속의 풍경	잠자리
가을의 소리	찔레꽃 향기
가을인사	처서가 무색한 날
구름의 향연	치자꽃 향기
눈 시리게 고운 날	포도가 익어가는 계절
소나기	팔월의 소나기

산

언제나
그 자리에
묵직하게 서있는

숲을 이룬
산이라
비 바람 천둥 번개

피함이
되어주는 곳
야생친구 안식처

밤사이

들끓는
폭염으로
얼음 땡 시켜놓고

두 손 두발
다 묶더니
힘없이 스러진 밤

번득인
번개 앞세워
포효하는 천둥성

꽃구름 속에

얼만큼
지나가야
희미해질까마는

녹음이
우거지듯
짙어지는 그리움

고운 임
미소 한아름
몽글이며 번지네

나눔의 미학

벗님이
나누어준
쌀 하나 마음 하나

한없이
크고 넓어
우주에 가득 차네

그 온정
뜨락에 심어
사랑의 꽃 피우리

나비바늘꽃 이야기

밤하늘
수를 놓던
별무리 어느 결에
뒤뜨락 앉아있네
화사한 웃음뒤에
비장한 눈빛 어리니
자석인 양 끌린다

모히칸
전사들과
그의 사랑 이야기
전투에서 목숨 잃은
애인 심장 땅에 묻고
가기 전 영혼 위하여
춤을 추던 여인들

묘지 위
피어나는
눈부신 꽃 꽃무리
나비처럼 훨훨 날아
그녀를 반겨주니
통곡의 소리 어느새
바람속에 묻힌다

데이지꽃

창문을
노크하는
바람 탄 작은 소리

희망을
노래하고
평화를 간구하는

소박한
너의 모습을
가을까지 보겠네

가을속의 풍경

영롱한
포도송이
보랏빛 달큰 향내
벌 나비 유인하니
정신 없이 달려든다
내리쬔 땡볕쯤이야
그 무엇이 대수랴

목 타는
식물들이
입을 쩍쩍 벌리고
누렇게 퍼진 채로
그만 고개 떨군다
하늘은 점점 높아져
푸른 미소 뿜는데

툴툴댄
경운기에
노부부 고추 싣고
오일장 달려간다
구릿빛 환한 미소
여름을 이긴 장수가
뙤약볕을 가른다

가을의 소리

처서가
일렀어도
무더위 꼼짝 안해
발 내놓기 두렵구나
모든 준비 마치고
설렘에 들떠있을
그대의 모습 선한데
발그림자 없으니

산길가
갈참나무
벌레 등쌀 못견뎌
툭 툭 내려 뒹굴고
지렁이 갈팡질팡
제 갈길 찾지 못하니
참 희한한 일이네

땡볕을
가린 구름
산중턱에 걸터앉아
고단함 푸는 저녁
푸른 하늘 속삭인다
깊어진 만큼 온 누리
짙을거야 홍황엽

가을인사

나폴댄
떨림 하나
하늘 향해 퍼져가는

무기력한
땅의 외침
올라라 날리어라

가을을
알린 전령사
잎새 울린 바람결

구름의 향연

검은색
장막들이
드리워진 밤중에
무엇이 원통한지
통곡하듯 내지르고
단잠을 깨운 소나기
말끔하게 멎는다

긴 꼬리
물까치가
숲속에서 몰려나와
들뜬 채 오락가락
부산함 요란 할 때
땡볕의 기세 등등히
온 지면을 태운다

어느새
걷힌 하늘
깜쪽같은 얼굴로
밤의 슬픔 간 곳 없다
초대한 구름무리
그 연출 기가막히게
펼쳐내는 한마당

눈 시리게 고운 날

궂으면
궂은대로
바느질 등 일거리

천성이
부지런한 그녀
쉬는 모습 어림없네

이토록
눈이 부신 날
임 모시고 떠나면

소나기

그칠 줄
모르는 비
내리고 또 내린다
매듭이 풀어졌나
뚜껑이 열리었나
주저함 없이 쏟는 데
끝이 보이질 않아

폭염에
달구어진
나뭇가지 꽃가지
잎새들 되살아나
검푸르게 빛나고
건너갈 다리 목전에
함초롬히 서있네

강렬한
삶의 하트
심장이 요동치니
차갑게 내리쳐도
꺼지지 않으리라
열정을 향한 그대의
가슴 시린 빗줄기

소엽풍란

소나기
그리 맞고
폭염속 열기에도

묵묵히
고뇌하던
작은 거인 우리 임

순백의
꽃을 올리고
향기롭게 앉았네

여름의 길목

그리던
햇살 이제
따갑게 다가오니

구름 한 점
반갑네
오수에 빠진 뜨락

마실 간
바람 돌아와
함께 놀자 깨운다

오월의 꽃이여 노래여

푸른 물
뚝뚝 돋는
싱그러운 계절에

하얀 이
드러낸 채
노래하는 꽃의 향연

매혹의
향기 날리니
온 산하가 뜨겁다

으아리꽃

덩굴의
여왕 그녀
향기를 드날리며
다소곳이 서있다
화사한 빛 잃어갈 때
애타는 심정 몰라라
떠나가던 고운 이

그대의
걸음으로
온 정원이 화사해
이내 활기 찾는다
우아한 내 임 같아
깊숙히 잠긴 그리움
스멀대며 오르네

산기슭
양지녘도
작은별의 야생화
바람결에 실려오는
낭만의 그 노래여
숲속을 온통 휘젓는
나의 세상 꽃이여

인디언 앵초

이름도
요상하고
모양도 희한하다

이리 고운
빛깔모자
살포시 눌러쓰면

인디언
추장 얼굴에
앵초꽃이 피겠네

자연의 사랑

연이어
내리는 비
여름을 재촉하니
활짝 웃던 그 목단
하얀 이의 으아리
머리를 풀어 젖힌 채
하염없이 젖는다

그대가
가고나면
외로워 할 겨를 없이
또 한가슴 채우고
청아한 목소리로
귓가를 간질여주는
푸름 푸름 날들아

한 세상
지나감이
무겁고도 진하나
사랑하는 임들 있어
천년이 하루 같네
사는 날 굳이 떠나도
포용해줄 순리여

잠자리

여름볕
따가우니
꽃구름 피어나고

살랑인
바람결에
숲속이 춤을 춘다

하늘이
내 준 가슴판
비행하는 잠자리

찔레꽃 향기

참새가
날아들은
포도나무 가지에
잘잘한 포도송이
햇살에 실눈 뜨니
살랑댄 바람 한 점이
손 흔들며 지난다

계절의
여왕이라
사랑의 결실 맺는
찬란한 시간 속에
축포가 터져나고
막바지 이른 언덕에
노랫소리 퍼진다

짙푸른
잎새나무
가지에 앉은 새들
제 소리에 빠져들고
뽀얗게 물이 오른
찔레의 꽃잎 향기에
그만 깜빡 죽는다

처서가 무색한 날

산과 들
상기된 채
오실 임 기다리나

뙤약볕
눈총속에
구름마저 숨어버려

다가선
가을 묵묵히
서성이고 있구나

치자꽃 향기

연이어
쏟아지던
폭우가 한숨 돌려
잠시 멎나 싶을 때
흰 나비 나폴나폴
꽃밭을 배회하다가
흔적 없이 날아가

빗물에
포위되어
온 세상 축축하다
이따금 부는 바람
나뭇잎 애무하니
주르르 흘린 눈물에
김이 서린 흙마당

새벽녘
공기 같은
몽환적 그의 향내
곤충을 미혹하다
무참히 비에 젖어
하얗게 질려버리나
끌리는 향 어쩌랴

포도가 익어가는 계절

더 맑은
계곡 속에
내리쬐는 강한 햇살
포도나무 음지 향해
기다랗게 손 뻗는다
하늘이 아닌 무엇이
그런 가슴 지닐까

너울댄
지표면의
달궈진 숨결들이
아롱대 올라가고
행여나 열에 탈까
휘리릭 찾은 솔바람
숲속의 향 전하네

뙤약볕
견뎌내며
울타리 노릇하고
알알이 익은 열매
새들게 내어주던
허망한 그 맘 헤아려
봉지로 폭 감싼다

팔월의 소나기

폭염이
의기양양
송곳을 들이댄 채
찌르고 찔러댄다
푸르던 잎사귀들
돌돌돌 말아 올리어
숨죽이고 있구나

애타게
기다리는
그대의 음성 하나
쨍쨍한 하늘 보며
보물찾기 놀이 한다
뽀오얀 구름무리에
검은 얼굴 있는지

축 쳐진
어깨 뒤로
들리는 고함소리
시원한 빗줄기가
사정없이 내리꽂네
줄행랑치는 열기들
안겨오는 수박향

5부

잠들지 않는 별빛

건강에 대하여
계절의 행진
고요한 중에
금낭화
꽃과 나비
나의 사랑 꽃 꽃 꽃
내 마음
눈길 닿는 곳
눈꽃
때론 멋스럽게 때론 촌스럽게
또 한 마리 기러기 안개 속으로
라켓줄 끊어진 날

생각
생각도 강물처럼
시인네 옥수수
시인의 노래
안 먹고 살 순 없을까
인생도 날씨처럼
잠들지 않는 별빛
잠시 멈춤
좋은 사람
죽음의 준비
지울 수 없는 번호

가다가 힘들면

오르다
숨이 차서
뒤돌아보노라니
발자국이 아주 길다
정신없이 걸었네
오로지 한쪽 길로만
골똘하여 나 있다

지나간
무릎 상처
손바닥의 찰과상
어느새 새 살 돋아
사르르 감쪽 같다
젊은 날 모험 따위는
참 얼마나 값진지

두고온
저기 저 날
추억의 메신저가
하나씩 전해주면
불현듯 솟으리니
심장을 어루만져서
쉬어가면 어떨까

건강에 대하여

내 것이
아니오라
내려주신 선물이니
소중히 다뤄야지
잠시만 빌리다가
온전히 두고 갈 것뿐
멋진 우리 인생길

탯줄이
분리되며
던져진 듯한 세상
우렁찬 첫울음에
두려움이 사라져
세상을 향한 외침에
뿌연 안개 걷힌다

날릴까
부서질까
귀이히 보듬어준
사랑스런 그 손길
보답하듯 간직하다
마지막 순간 이를 때
웃음 지며 가리라

계절의 행진

한 꽃잎
지고나면
또 한 꽃잎 피어나니
연이은 행진으로
슬퍼할 겨를 없다
누워서 하늘 바라는
또 하루의 위로여

오래전
임의 눈길
따스하게 받았을
그대가 아닐진대
분명히 아닐진대
오롯이 품은 그 모습
내 사랑이 보이네

세월의
수레바퀴
수십번 돌아가도
기척 없는 그 소식
허하기만 하구나
온 천지 눈이 부시게
꽃들 피어나는 데

고요한 중에

숱하게
지나온 날
남은 때 사뭇 적다
쓸쓸하고 슬픈 마음
타협할 수 있으랴
열심히 달려왔으니
그것으로 족하리

고요가
깃든 시간
아뭇소리가 없다
벌레 소리 하나없다
성급히 나와 울던
개구리 고놈마저도
숨죽이고 있는지

적막한
밤 들리는
저변 임의 속삭임
춘설에 매화 피듯
눈부시게 피어나라
가쁜 숨 이제 고르고
본향 향해 가리니

금낭화

바위가
엄호하듯
둘러선 평평한 곳
단정히 치장하고
햇살과 조우한다
바람도 살짝 다가와
속삭이는 한나절

산지의
돌무덤가
계곡의 물 튀는 곳
고즈넉한 자리 그대
차마 마주 볼 수 없어
가늘게 실눈 뜬 채로
그 자태에 머문다

볼록한
주머니의
주렁댄 화관들이
어깨를 맞대고서
신부를 기다리나
다가올 임을 그리며
홍조 띤 채 서있네

꽃과 나비

사람은
녹초가 돼
맥 빠진 듯 앉았는 데
제 구실에 충실한 꽃
한 점 오차 없구나
날마다 피어 소롯이
새하얗게 웃는다

정지된
화면처럼
바람 한 점 없는 뜨락
잡초마저 갈증에
윤기 없이 늘어진다
눈앞에 아른거리며
헉헉대는 지열들

무료한
화초속에
날아든 나비 하나
우아한 몸짓으로
살랑여 터치하고
폭염에 맞선 날갯짓
사뿐 내려 앉는다

나의 사랑 꽃 꽃 꽃

물 만난
물고긴가
훈풍이 가세하니
울긋불긋 꽃망울
터진 웃음 요란하다
무어라 추켜세운들
이보다 더 좋을까

붉다한
진달래꽃
샛노란 개나리가
어찌 그리 다정하냐
원색의 의상들이
도무지 촌티 없으니
참 이상한 조화속

모두가
하나같이
제 이름 달고나와
모양도 색도 달라
누구를 편애할까
가슴이 뻐근하도록
아른대는 사랑아

내 마음

작은 나무
실낱같은 가지위에
동그란 참새 하나
비에 젖은 날개를
부르르 털고 앉아서
그네 타듯 흔든다

짙푸른
나뭇잎새
따가운 햇살아래
엎디어 등 말리고
웃자란 풀섶에 선
슬픈 눈 가진 고라니
어미 찾아 헤맨다

산속의
야생동물
작은 새 큰 새까지
내게는 아픔이다
자꾸만 깎이는 산
베어낸 고목덩치들
지켜낼 수 없으니

눈길 닿는 곳

팔 하나
주욱 뻗어
만지고픈 설렘이
쿵쿵대며 섰는 데
바람과 유희하던
연두색 포도 잎줄기
뙤약볕에 숨는다

만삭이
되어버린
타오름달의 첫날
이글댄 태양빛에
구름무리 막아선다
제멋에 겨운 잡초들
하늘 높은 줄 몰라

꿈꾸듯
바라보는
건너 산 맞닿은 곳
파릇한 풀밑에서도
누운 채 올려보네
온종일 휘휘거리는
청량한 그 바람골

눈꽃

땅속의
앙다물던
입들을 크게 벌려
일제히 들이켜니
사뭇 모자란 물기
간밤에 뿌린 눈으로
수분 가득 채우네

다시는
못보리라
단념하던 찰나에
뒤돌아온 천연꽃
눈부시게 찬란하다
꽃꽂이 대가라 해도
견주지는 못하리

완연한
봄의 시작
네 번째 절기 춘분
오늘이 지나가면
길어져갈 낮시간
임 만날 순간 넉넉해
느긋하게 보겠네

때론 멋스럽게 때론 촌스럽게

땅속은
이미 녹아
푸슬대며 풀어지고
목까지 오른 싹들
다리 힘 불끈 세워
꽃망울 잎들 열리니
벌 나비 곧 보리라

계절의
순리 따라
폭풍우 몰아치는
여름이 닥쳐오면
고고하게 눌러앉아
베토벤 월광소나타
느긋하게 들으며

이 강산
하늘 아래
땅내음 맡으면서
잡곡에 된장찌개
촌스러운 토종 입맛
한평생 사는 동안에
이 소박함 누리리

또 한 마리 기러기 안개 속으로

언제나
변함없는
그대의 모습처럼
하늘 아래 묵묵히
둘러선 숲의 형상
궂으나 쾌청하거나
요동 없는 벗이라

벌레도
산짐승도
갖가지 야생화들
조용한 그 품안에
한없이 숨어들고
도무지 구애 없으니
자연천국이라네

뜨겁게
사랑하고
주고 또 다 내주어
진액이 다했는가
기러기 홀로 둔 채
안개가 뿌연 하늘로
긴 여행길 오른다

라켓줄 끊어진 날

주먹과
한 몸 되어
긴 세월 뛰고 날아

짜디짠
땀방울로
운동장 적셔들고

온 몸을
던진 그 외침
영원 속에 묻히네

생각

기대와
소망으로
찾아간 오아시스

마라의
쓴물인가
엘림을 만나리니

깊어진
속의 그 자리
평안으로 채운다

생각도 강물처럼

비 오면
오는 대로
포근히 숨어있다
빗소리 멀어지어
구름이 걷혀지니
곤충들 날개 털면서
꽃가지에 앉는다

주저함
전혀 없이
하늘을 나는 새들
머문 곳 그 어딘가
거침 없이 튀어나와
무리져 조잘대다가
어느 사이 훠얼훨

비바람
몰아칠 때
휘도는 생각물결
소용돌이 치는속에
하나 둘 감겨지다
흔적도 없이 유유히
고독하게 흐른다

시인네 옥수수

엊그제
같은 모종
꿈에 부푼 그 수확
바람 빗물 한 모금
달콤하게 마시고
어느새 달린 개꼬리
아기 업고 웃음져

깊은 밤
꿈길에도
한 뼘씩 자라나서
사랑의 그 손길에
보답을 하려는 양
한 발을 앞서 나오니
파어나는 웃음꽃

고르게
하얀 이가
시상을 노래하듯
뽀드득 빛이 나고
너울너울 나비 떼의
하늘을 나는 춤사위
시인 시름 녹는다

시인의 노래

여러 날
훌쩍이던
빗물이 바람결에
날리었나 뽀송하고
하늘엔 뭉게구름
먹색깔 하나 없는 채
청잣빛만 감돈다

갓낳은
고라니들
품을 새 없이 뺏긴
어미의 쓰린 가슴
숲이 알까 물이 알까
따가운 햇살 아직도
이글이글 타건만

계절은
주저 없이
강물 따라 흐르고
창공에 비상하는
새들의 저 날갯짓
거칠 것 없는 대자연
노래하라 이르네

안 먹고 살 순 없을까

세월의
흐름까지
깨버리고 기승 부린
무지막지 더운 날씨
개 혀처럼 늘어진다
아끼던 전기 이제는
에어컨 없인 안돼

문 열고
나서기가
두렵기 짝이 없어
망설이는 한나절
있는대로 먹고 말지
합리화 하는 생각들
폭염 바로 너 때문

더워도
입 간사해
새로운 맛 추구하니
글로벌 고민거리
그 어찌 외면할까
수고가 없는 먹거리
도적놈의 심보네

인생도 날씨처럼

산뜻한
모습으로
해맑게 웃음 짓다
이내 변한 날 표정
그 속을 알 수 없네
부리를 닦던 참새도
언제 날아갔는지

저들의
놀이터인
전깃줄 심심한 채
무료한 듯 하늘 보니
심란한 얼굴이라
옆에서 흥을 돋우던
뻐꾸기도 잠잠해

폭풍우
몰아쳐서
산 같은 파도 올라
온 바다 뒤집히면
물고기 춤을 추고
평화가 깃든 둥지에
또 하루가 누우리

잠들지 않는 별빛

산줄기
굽이 굽이
뿌리내린 나무들
비스듬히 선 채로
마주보며 서 있다
지나는 구름 그 마저
눈빛 하나 건네고

여름날
장마철의
다양한 하늘 표정
새들이 먼저 읽고
먹이사냥 분주하다
오로지 생존본능에
충실하는 날갯짓

숨 쉬는
산과 우리
그대가 누린 행복
거저 된 것 하나 없이
자연의 선물이라
깊은 잠 빠질 때에도
반짝여줄 별이여

잠시 멈춤

한 평생
짧다 해도
한 번씩 숨을 돌려

질서를
찾아야지
휴식을 주어야 해

원활히
돌게 하는 피
균형 있는 삶이길

좋은 사람

좋다고
끄떡끄떡
무엇이든 긍정으로

생각을
따라주는
힘을 싣는 그런 사람

가슴을
뛰게 하는 그
아름다운 사랑아

죽음의 준비

아침을
물들이는
일출의 바닷가에
서서히 넘실대는
파도의 작은 기둥
팔딱인 물속 고기에
신선한 기 불어줘

반복된
우리들 춤
기운이 진해지니
호흡을 잃어간다
해지고 해진 신발
수없이 꿰매가면서
덩실대며 추었지

노을길
춤사위에
거추장스러운 것
하나 둘 떨쳐내니
몸짓 손짓 홀가분
주먹 쥔 손을 펼치어
윤슬 바다 가르리

지울 수 없는 번호

반가운
여보세요
들릴 듯 해 눌러본다

그 음성
한 마디로
온갖 시름 달래줬지

지울 수
없는 그 번호
우리 엄니 목소리

시평

순수 서정으로 건너가는
삶의 시학

임 성 구

| 시조시인
| 한국문인협회 시조분과 회장

순수 서정으로 건너가는 삶의 시학

푸름이 절정으로 가는 시간에 서정희 시인의 세 번째 시조집 『그대가 있기에』 원고를 펼쳐 들고 시인의 맑고 순수한 감성 속으로 스며들기로 한다. 그리고 정형의 틀에서 정직함을 잃지 않는 행간에 새겨진 얼룩 같은 삶의 여정도 엿볼 수 있는 시편도 몇 편 만난다.

1. 수채화 빛으로 건너가는 맑은 감성의 노래

먼저 순수한 감성으로 노래하는 깨끗한 목소리가 담겨있는 시편을 살피자면, "산천이 춤을 추고"있는 가운데 "유순한 맘이 되어 만면에 미소"를 띄게 하는 심성을 "메마른 그대 가슴 풍족히 적시고" "하늘까지 닿도록" 대지의 울림으로 다가올(『기다리는 비』)와 "흙먼지 폴폴 이는 낮은 곳 채송화가 미소" 지으며 높은 곳의 (『해바라기』)를 올려다본다. 세상에 우뚝 서서 발아래를 바라보는 (『해바라기』)는 참으로 낮은 곳에서도 하느님의 말씀 구절처럼 채송화 "색색마다 올망졸망" 여름 내내 "앙증스레 앉아" 마치 해맑은 찬송가를 부를 것만 같다. 이처럼 티 없이 맑은 찬송가를 부르게 할 수 있게 하는 힘은, 순수한 감성이 배여 있는 다음 작품에서 더욱 진하게 엿볼 수 있겠다.

> 푸름은/ 더 푸르고/ 붉음은 더 붉어진
> 비 온 후의 정경들/ 산과 들판 꽃들이
> 마음껏 치장하는 중/ 새도 깃털 펼친다
>
> 두둥실/ 뭉게구름/ 빙그레 내려웃고
> 비단 같은 바람결에/ 촉촉한 잎사귀들
> 뽀송한 얼굴 배시시/ 해갈함의 미소여
>
> 밤사이/ 비바람에/ 능소화 꽃잎 날아
> 자갈밭에 누워 있네/ 서러움 어디 가고
> 새로이 피는 꽃송이/ 불끈 힘이 솟는다
> -「참 좋은 날」 전문

위 작품(「참 좋은 날」)은 그야말로 한 편의 수채화를 그려 놓은 듯이, 시인의 맑은 감성이 하늘거리는 작품이다. "비 온 후의 정경들"을 맑은 마음을 가진 시인의 눈으로 바라보는 세계는 "푸름"과 "붉음"이 어우러진 "산과 들판"엔 온갖 꽃들이 피어 있고, "두둥실" 떠 있는 "뭉게구름"과 세상을 촉촉이 또는 부드럽게 어루만지는 "비단 바람"이 있다. "밤사이 비바람에" 떨어져 "자갈밭에" 고이 누워 있는 능소화를 보며 밤사이 스쳐 지나간 비바람처럼 지난날의 상처를 딛고

"새로이 피는 꽃송이"가 되어 불끈 솟는 힘으로 희망을 노래한다. 이것은 시인의 따뜻한 감성에서 오는 미래지향적인 꿈이라고 할 수 있다. 미래를 열어가는 꿈은 (「빛나는 계절」)과 (「물망초」)에서도 소망하고 있다.

2. 정직함을 건너가는 단단한 삶의 여정

사람이 살아가며 정직함으로 일관되게 살아가기는 무척 힘든 여정이다. 그러나 시인의 시편에서는 정직하게 살아온 기록이 우리 앞에 놓여 있다. 시인이 기록한 행간에서 단단한 삶의 여정이 눈부시게 찬란하다. 가고 없는 "반가운" 얼굴이 문득 그리워 무심코 전화번호를 눌러보면 전화기 저편에서 금방이라도 "여보세요"라며 들릴 것만 같은 엄마의 목소리가 담긴(「지울 수 없는 번호」)라든가, "문간에 어른대며 비비적대던 냥이 도무지 기척 없고 밥그릇만 휑하게" 놓인 자리에 "달맞이꽃 삐약댄 병아리처럼 올망졸망 앉은 자리"(「비 오는 여름날의 풍경」)에는 추억의 앨범처럼 펼쳐져 있다. "적은 것 가지고도 알뜰히 쪼개시던" 어머니의 조각보처럼 "금보다 귀한 것이"(「풍요한 마음」)으로 선명하게 새겨져 있다. "그 때의 오늘" 바로 총소리와 화염으로 뒤덮힌 1950년 (「유월 이십오일」)에도 "산과 들엔 예쁜 꽃들 방싯대었으리라" 방싯대는 꽃자리에 "초연에 휩싸인 채 암흑 속에 빠져" 들어 꽃의 웃음은 사라졌다. 오로지 남은 것이라고는 "광활

한 벌판에서" 들려오는 목이 쉰 통곡 소리 같은 사랑이 예기치 않게 이별을 통보하고 말았다. 오래된 이별의 뒤안길에도 매년 유월만 되면 "싸리꽃 백리향이" 분단의 "슬픔을 모르는 채" 아리고 아린 마음이 응축된 채로 진하고 진한 "향기를 드날"리고만 있다. 시인은 진토된 넋의 노래로 울부짖는다. 애환의 통곡도 어머니의 어머니, 그 어머니의 어머니처럼 대대손손 이어가듯, 시인도 그렇게 세상의 시편으로 행간 속을 걸어가는 중이다. 가끔은 다음 시편처럼 계곡 물소리를 들으며 쉬었다 가는 인생을 맛보기도 한다.

스산한/ 바람줄기/ 먹구름 몰고 오니
태울 듯 쏘던 땡볕/ 순식간에 숨는다
후두둑 돋는 빗방울/ 시원스런 빗줄기

길 가다/ 언덕받이/ 오르다 숨이 차면
떡갈나무 참나무잎/ 호흡을 맞춰준다
말 없이 주는 상큼함/ 가슴속에 스미고

계곡을/ 타고 흐른/ 물소리 숲을 깬다
세상줄 놓친 그 벗/ 이 청량감 느낄까
챙 넓은 바위 밑에서/ 소나기를 피하네
  -「쉬었다 가자」전문

위 작품은 걸어온 우리 인생이 다시 한번 들여다보게 한다. 지난한 인생을 들여다 보면 무상無想하고 유상有想하다. 그리고 유상有想하고 무상無想하다. 가진 것 없이 태어나 하나씩 가지게 되고, 풍요롭게 가졌지만 떠날 때는 모두 빈손이

된다. 존재론적 실존과 비존재론적 실존이 항상 도처到處에 놓여 있듯, 시인의 마음에 항상 함께 있다. 시인이 사유한 문장을 독자가 복용하고 치유한다. 그러므로 서정희 시인의 문학은 사유의 힐링병원이다.

3. 서정과 인생 여정의 문을 나가며

서정희 시인의 이번 시조집은 맑은 감성으로 오래도록 건너온 푸른 숲속의 문학 병원이다. 이곳에 입원한 독자는 언제나 맑은 계곡의 물소리처럼 푸른 서정이 흘러, 세상을 보다 따뜻하게 풍요롭게 할 것이다. 서정희 시인의 힐링 처방전을 기다리는 시조집『그대가 있기에』가능하다. 앞으로 서정희 문학 병원이 더욱 번창하기를 기원한다.

2024년 10월

임성구(시조시인 · 한국문인협회 시조분과 회장)

| 1판 1쇄_ 발행 2024년 10월 28일

| 글_ 마석 서정희
| 삽화_ 마석 서정희
| 캘리_ 려송 김영섭
| 편집_ 제이비디자인
| 펴낸곳_ 제이비(JB)
  전북특별자치도 전주시 덕진구 석소로 9-4
  T. 063-902-6886
  E. jb9428@daum.net

ISBN 979-11-92141-38-1
값 15,000원

| 파본은 구입하신 서점이나 출판사에서 교환해 드립니다.
| 이 책은 저작권법에 의해 보호를 받는 저작물이므로 무단전재와 복제를 금합니다.